421

BIBLIOTHÈQUE ANECDOTIQUE & LITTÉRAIRE

CHOMETTE & PIRCKAERT

HISTOIRE EXTRAORDINAIRE

D'UN

MERVEILLEUX PARAPLUIE

SUIVI DE

LE PORTRAIT DE GRAND'MAMAN — UNE AIDE

FOLLETTE — LE TRAINEAU

ÉDITION ILLUSTRÉE DE 22 GRAVURES, DONT 4 HORS TEXTE
TIRÉES A LA SANGUINE

PARIS

LIBRAIRIE D'ÉDUCATION A. HATIER

33, QUAI DES GRANDS-AUGUSTINS, 33

CHOMETTE & PIRCKAERT

HISTOIRE EXTRAORDINAIRE

D'UN

MERVEILLEUX PARAPLUIE

SUIVI DE

LE PORTRAIT DE GRAND'MAMAN — UNE AIDE

FOLLETTE — LE TRAINEAU

ÉDITION ILLUSTRÉE DE 22 GRAVURES, DONT 4 HORS TEXTE
TIRÉES A LA SANGUINE

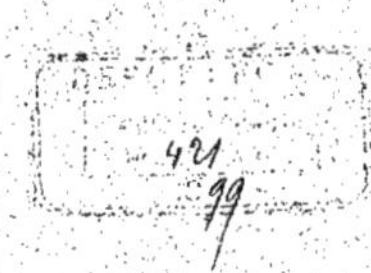

PARIS

LIBRAIRIE D'ÉDUCATION A. HATIER

33, QUAI DES GRANDS-AUGUSTINS, 33

SES PIEDS S'EMBARRASSÈRENT DANS LE PARAPLUIE...

Ils se trouvèrent tous deux à l'abri comme sous une tente.

HISTOIRE EXTRAORDINAIRE

D'UN MERVEILLEUX PARAPLUIE

Nicodème était le fils d'une bonne femme qui se nommait Mme Godichard. Il avait quatorze ans, il était grand, fort, mais un peu simple d'esprit.

Mme Godichard était propriétaire d'un antique parapluie auquel elle tenait beaucoup. Il était en belle cotonnade rouge, et avait un manche solide, terminé par un anneau de cuivre. De plus, il était fort grand; c'était un vrai parapluie de famille sous lequel quatre personnes étaient aisément à l'abri.

Si Mme Godichard tenait à son parapluie, son fils, Nicodème, ne pouvait le souffrir. Il le trouvait ridicule et surtout incommode et lourd à porter.

Une matinée de printemps que le soleil se montrait radieux, que le ciel était pur et l'air tiède, Mme Godichard pensa que la campagne devait être belle à voir avec son fin gazon qui commençait à sortir de terre, ses feuilles qui s'ouvraient aux arbres, et ses oiseaux qui gazouillaient, comme pour se réjouir du beau temps qui remplaçait le triste hiver.

Elle dit donc à Nicodème :

« Quand j'aurai terminé mon ouvrage nous irons nous promener à Saint-Cloud et nous goûterons sur l'herbe. »

Le jeune garçon sauta de joie et, pour hâter l'heure du départ, il aida sa mère dans les travaux du ménage.

Vers onze heures, tout était terminé. Mme Godichard prépara dans un panier ce qui devait composer leur collation ; elle n'oublia pas de mettre dans une bouteille du café noir sucré d'avance qui devait les rafraîchir plus agréablement que du vin.

Tout étant bien disposé, la bonne dame, qui était prévoyante, regarda le ciel et, y apercevant quelques petits nuages blancs :

« Prends le parapluie, dit-elle à son fils.

— Ton grand riflard rouge, répondit-il, il ne servira qu'à nous embarrasser.

— Prends-le toujours, tu seras peut-être, avant peu, bien aise de le trouver. ».

Il jeta à terre le chapeau d'un petit Monsieur...

Nicodème obéit, car sa mère ne l'avait pas habitué à raisonner longtemps ; mais il le fit de mauvaise grâce et porta négligemment le parapluie sur son épaule. Il suivait sa mère, qui portait le panier, lorsqu'en voulant se retourner, il jeta à terre le chapeau d'un petit Monsieur qui marchait derrière lui. Le petit Monsieur se fâcha contre le maladroit qui, honteux, s'empressa de ramener le parapluie en avant; mais alors il l'envoya dans le dos d'un grand Monsieur qui marchait devant lui. Le grand

L'animal hurla, la vieille dame cria...

Monsieur se retournant vivement, levait la main pour châtier l'enfant, qu'il croyait coupable d'une méchante espièglerie; mais en voyant la mine effarée du pauvre Nicodème, il ne put s'empêcher de rire et sa colère se calma aussitôt.

Cependant, pour éviter d'autres accidents, le jeune garçon imagina de tenir le parapluie par l'anneau et de le traîner après lui.

Un garçon épicier, portant sur sa tête une corbeille remplie de comestibles, marchait le nez au vent. Il ne vit pas Nicodème; ses pieds s'embarrassèrent dans

LE MONSIEUR LEVAIT LA MAIN POUR CHATIER L'ENFANT...

le parapluie et il tomba lourdement, entraînant l'enfant dans sa chute. Celui-ci tomba à son tour sur un chien, qu'une vieille dame tenait en laisse. L'animal hurla, la vieille dame cria, et Mme Godichard, se retournant à ses cris, fut bien étonnée de voir son fils étalé comme un *crapaud.*

Elle l'aida à se relever, et tous deux aidèrent l'épicier a remettre dans sa corbeille les sacs et les paquets qui en étaient tombés.

Il porta son riflard comme un cierge...

Mme Godichard essuya soigneusement le parapluie sali par la poussière, elle gronda son fils et lui recommanda d'être plus attentif.

Nicodème était contrarié, ennuyé ; il porta son riflard comme un cierge et chacun riait de sa mine dépitée et de sa tournure ridicule. Aussi, en arrivant à Clamart s'empressa-t-il de déposer son fardeau sur l'herbe, en disant :

« Dieu merci, j'en suis donc débarrassé, de cet affreux pépin ! »

Expression bien malsonnante dans la bouche d'un petit garçon.

Mme Godichard prit son ouvrage et Nicodème secoua les arbres pour en faire tomber les hannetons.

Puis, se sentant en appétit, ils s'apprêtèrent à faire la collation ; mais le soleil dégagé des nuages dardait ses rayons sur leurs têtes, et ils ne pouvaient se mettre à l'ombre qu'en renonçant au charmant tapis de verdure sur lequel ils étaient si bien assis.

Le jeune garçon commença à se plaindre de ce soleil qui le brûlait ; mais sa mère, ouvrant le parapluie, le plaça de façon à ce qu'ils se trouvassent tous deux à l'abri comme sous une tente. Nicodème en fut tout aise, et Mme Godichard lui dit :

« Tu vois bien qu'il nous est nécessaire, cet *affreux pépin*, et que tu es bien content de l'avoir. »

Cependant la journée s'écoula promptement pour nos deux personnages ; ils étaient si bien là ; mais il fallut songer au retour, d'autant plus que les nuages qui s'étaient amoncelés présageaient un prochain orage. Ils étaient encore loin de chez eux, lorsque la pluie commença à tomber à verse. Tous les gens étaient trempés malgré leurs parapluies modernes, si mignons et si légers ; quant aux deux Godichard, ils étaient

parfaitement à l'abri sous leur antique parapluie rouge.
Aussi la mère dit-elle à son fils :

« Eh bien ! es-tu encore fâché de l'avoir emporté
ce *grand riflard qui ne devait servir qu'à nous embarrasser ?*

—Oh ! non, mère »
répondit le garçon.

Et, en arrivant à
la maison, Nicodème
le fit sécher avec soin
avant de le remettre
dans son fourreau, et
depuis ce moment, il
rendit toute son estime
à ce vieux meuble.

Une nuit, Mme Go-
dichard fut éveillée par
les cris : au feu ! au
feu ! Sa chambre était
éclairée par la reverbé-

Il s'élance dans le vide...

ration de l'incendie qui illuminait la maison en face.
Elle se lève, éveille son fils, tous deux s'habillent à la
hâte et ouvrent la fenêtre pour voir où était le feu.

C'était leur maison qui brûlait; l'escalier était déjà rempli d'une fumée suffocante et l'allée pleine de flammes.

Que faire? Ils demeuraient au second, et sauter par la fenêtre était malaisé. Dieu leur envoya une bonne inspiration.

Ils attachèrent ensemble les couvertures de leurs lits après l'appui de la fenêtre. La mère voulait que son fils passât le premier; mais le fils ne voulut pas abandonner sa mère, il voulut rester pour l'aider dans sa descente périlleuse.

Les gens du voisinage, accourus au secours, avant même les pompiers, étendirent à terre les matelas que Mme Godichard et d'autres encore avaient jetés dans la rue. La pauvre femme fit le signe de la croix, enjamba résolument la fenêtre, s'attacha à la couverture et se laissa glisser; mais elle n'était qu'au premier étage quand le nœud du milieu se rompit, et elle tomba. Le désolé Nicodème voulait rejoindre immédiatement sa mère; mais cela était devenu impossible. Tout à coup, une idée lumineuse traverse son esprit. Il s'empare du grand parapluie rouge, et montant sur la fenêtre, l'ouvre, tient le manche avec force, ferme les yeux et s'élance dans le vide.

IL S'ENDORMIT SOUS LE PORTAIL DE NOTRE-DAME-DE-LORETTE.

Le parapluie, transformé en parachute, amena en bas, sans accident, cet aéronaute d'un nouveau genre, il arriva assez tôt pour aider à relever sa mère. La pauvre femme s'était cassée la jambe.

On la transporta à l'hospice; mais en recevant la mère, on refusa de recevoir le fils, et le pauvre Nicodème retourna du côté de la maison, dont il ne restait plus que les quatre murs. Dans ce grand embarras, il fut oublié complètement, et n'ayant plus pour tout bien que son parapluie, il erra tout le jour dans les rues de Paris. Le soir vint; il avait faim (il n'avait pas mangé depuis la veille) et la pluie commençait à tomber fort, il se trouvait devant l'église de Notre-Dame de Lorette, et il se mit à l'abri sous le portail, après s'être glissé entre les grilles. Épuisé d'émotion, de faim et de fatigue, il s'endormit. Lorsqu'il s'éveilla, il aperçut la rue Laffite pleine de voitures. Il quitta son abri pour voir ce qui se passait par là. Il vit les croisées d'un appartement, au premier étage, brillamment éclairées, et des gens en riches toilettes descendre des voitures. Il pleuvait toujours très fort. Nicodème, poussé par la faim, eut une seconde idée lumineuse. Il ouvrit son parapluie, et courant à la portière de chaque voiture qui s'arrêtait, il offrait ainsi un abri aux belles dames qui en descendaient. En récompense de ce service, chaque cavalier lui donnait quelques pièces de monnaie, et il sentait son gousset se garnir. Il resta ainsi une partie de la nuit, puis retourna s'abriter sous le portail de l'église, où il s'endormit de nouveau jusqu'au jour.

Le matin il alla déjeuner dans une crèmerie, où il se fit servir un grand bol de lait et plusieurs petits pains.

Étant ainsi bien restauré, Nicodème se dirigea vers l'hospice de la Pitié, où l'on avait transporté sa mère. Il acheta des oranges et du sucre, pensant que cela ferait plaisir à la pauvre malade, et il eut

Il ouvrit son parapluie...

le bonheur de pouvoir pénétrer jusqu'à elle. La chère dame souffrait beaucoup, mais, quand elle vit son fils, elle sembla oublier ses douleurs.

Nicodème raconta à sa mère comment il avait passé la nuit et comment son parapluie l'avait si bien servi ; puis il sortit de ses poches le sucre et les oranges, et fut bien heureux de voir que cela était agréable à sa bonne maman.

Il la rassura sur l'avenir, promettant de chercher un emploi quelconque, afin d'avoir au moins le gîte et la nourriture, et de revenir le lendemain lui rendre compte de ses démarches. La bonne sœur de Sainte-Marthe, qui soignait la malade, promit d'obtenir une permission pour que Nicodème pût ainsi, chaque jour, voir sa mère ; celle-ci alors se résigna plus facilement à prendre son mal en patience.

En sortant de l'hospice, Nicodème entra au Jardin des Plantes. Tout en suivant lentement une des grandes allées, le pauvre enfant songeait ; car vraiment il ne savait comment solliciter cette place, dont il avait parlé vaguement à sa mère afin de la consoler et de la tranquilliser.

Il sortit de ses poches le sucre et les oranges...

Bien garantie par la vaste rotonde...

Il médita si profondément qu'il ne s'aperçut pas d'abord que la pluie tombait assez fort. Il allait ouvrir son parapluie pour se garantir, quand il aperçut une dame âgée, très richement habillée, qui s'était mise à l'abri sous un arbre ; mais cet abri commençait à n'être plus sûr, car le tonnerre grondait.

La dame paraissait si inquiète, que Nicodème s'approcha d'elle et lui offrit bravement l'aide de son bras et de son parapluie.

La bonne dame ne se fit pas prier. Elle passa son bras sous celui de Nicodème, et, bien garantie par la vaste rotonde du *riflard*, elle se fit conduire jusqu'à la grille, où une belle voiture l'attendait.

Aussitôt un domestique abaissa le marchepied, et la dame monta dans son équipage ; mais tout en cheminant, elle avait questionné Nicodème et s'était intéressée à lui ; aussi lui demanda-t-elle de monter avec elle, afin de continuer leur entretien.

La voiture roula rapidement et s'arrêta bientôt à la porte d'un bel hôtel du faubourg Saint-Germain. La dame se fit suivre par Nicodème jusqu'à son appartement. Là, elle lui fit part des projets qu'elle avait conçus :

« J'ai, lui dit-elle, un intendant qui est très âgé ; il a besoin d'un aide ; savez-vous bien écrire ?

— Certainement, Madame ; j'ai toujours remporté les premiers prix pour l'écriture.

— Eh bien ! je vous garde. Si vous êtes raisonnable et soumis à mon intendant, vous aurez six cents francs d'appointements, outre la table et le logement. Cela vous convient-il ? »

Nicodème croyait rêver.

« Oh ! Madame, dit-il, vous êtes ma

La voiture s'arrêta à la porte d'un bel hôtel...

Providence. Ma mère tranquillisée guérira plus vite, et la pauvre femme n'aura plus besoin de travailler puisque, grâce à vous, je gagnerai pour elle.

— Quand votre mère sera guérie, je la prendrai. aussi chez moi ; vous dites qu'elle sait bien coudre ; elle travaillera à la lingerie.

— Oh ! Madame, disait Nicodème, comment vous remercier ! Oh ! mon cher parapluie ! c'est à toi que je dois encore ce bonheur-là. Grâce à toi j'ai pu sauter d'un deuxième étage sans même me donner une entorse. Grâce à toi je ne suis pas mort de faim ce matin et, enfin, c'est encore à toi que je dois la bienveillance de cette charitable protectrice. »

La dame, souriant de cette exaltation, lui dit :

« Vous m'avez donné l'abri de votre parapluie, je vous donne l'abri de mon toit. Je vois que vous êtes un bon garçon, que vous avez un cœur reconnaissant, et je suis sûre que je serai contente de vos services. »

Lorsque, le lendemain, la pauvre mère connut tout le bonheur de son fils, elle remercia Dieu dans son cœur et le pria de la guérir promptement.

Elle fut si docile aux ordonnances du médecin, qu'elle se rétablit plus vite qu'on ne l'espérait, et alors elle put aller avec son fils remercier la charitable dame, et prendre possession de la petite chambre qu'on lui avait préparée près de celle de Nicodème. Elle était habile ouvrière et sut, par son travail, gagner les bonnes grâces de la lingère.

Nicodème n'était pas un aigle; mais il avait une belle écriture, il était docile et attentif, et jamais il ne négligeait ses devoirs. Il se fit ainsi estimer de sa bienfaitrice et aimer du vieil intendant.

Les deux Godichard furent donc heureux, et tout ce bonheur leur vint de ce parapluie que Nicodème avait si longtemps dédaigné. Aussi, combien il se repentait de ce dédain, et combien il vénérait la vieille relique de sa mère.

LE PORTRAIT DE GRAND'MAMAN

Louis Michel vient de rentrer de l'école où il a eu, il faut bien l'avouer, plus d'une distraction, quoiqu'en accomplissant toute sa tâche...

Les parents de Louis sont Toulousains.

Louis s'est pénétré de toutes les splendeurs de cette ville. Son grand plaisir consiste à s'efforcer de les reproduire, aussi est-il toujours armé d'un crayon et de papier. Tantôt il va se poster à la jonction du canal de Brienne avec la Garonne, ou bien près du pont de Jumeau et là, il dessine la double et superbe écluse. Enfin il ne rêve que peinture et dessin !

Nous disions qu'il venait de rentrer de l'école ; oui, et son impatience est grande de reprendre un portrait interrompu : celui de grand'maman !

Voici la bonne vieille qui pose, elle a bien rajusté
son châle et son serre-tête. Elle fait la belle... Louis

Il sera grand peintre...

se met à l'œuvre : rien n'échappe à son œil perçant, il
saisit le profil, retrace l'air malin et content, donne la
vie et la lumière à ses traits !

Jusqu'à la petite sœur émerveillée qui suit chaque coup de crayon en disant de temps à autre :

— Grand'man, grand'man, c'est bien toi !

Ah ! c'est qu'il est artiste dans l'âme, ce gamin... il s'irradie quand il a saisi ; il tressaille et pâlit au contraire, quand il a fait une bêtise...

La grand'mère elle, quelquefois, murmure à mi-voix et d'un ton prophétique : « *Il sera grand peintre,* mon Louis ! et, pour payer ses études, je sortirai les économies de mon vieux bas ! »

Louis entend, il sourit d'un air reconnaissant et, plein d'amour pour celle qui lui donnera une seconde vie : celle de l'intelligence et de l'art ! Devenir peintre ! son rêve, nuit et jour ! O ! chère grand'mère, expriment ses grands yeux bleus, je te les rendrai en tendresse infinie !

— Moi, dit bébé, je tricoterai de grands bas pour grand'man ! Elle y mettra l'argent que tu gagneras pour remplacer le sien...

UNE AIDE

Tous les Bretons aiment la mer! Certes, Pierre-Marie Kerven, né à Saint-Malo, ne fait pas exception, au contraire; sa passion, c'est l'Océan! Chaque fois qu'il doit mettre le pied sur la terre, il pousse un soupir de regret... Et pourtant il aime bien sa maisonnée, oh! oui, sa femme, ses cinq enfants... je crois bien. Mais Anne-Marie, sa plus petite, son dernier trésor (car les autres sont grands déjà et se tirent d'affaire seuls) celle-là, il y pense nuit et jour; aussi quand la mer est au calme, qu'elle est unie comme une plaine immense, que le ciel est d'azur avec quelques nuages blancs argentés, il dit à la mignonne :

« Eh bien ! Mimi, veux-tu venir avec moi aujour-d'hui ? »

Si elle veut !... Quelle fête, mon Dieu, dans ce petit cœur tout neuf !... Pendant qu'elle s'apprête et que sa maman noue, autour de sa taille menue, un gros châle de laine pour la préserver de la bise, c'est une cascade de rires perlés, à n'en plus finir ! Elle ne tient pas en place, tant elle saute de joie. C'est qu'elle aime tant la barque toujours proprette et rehaussée d'une belle couleur ! Et puis, les jolis poissons que l'on prend... Ça lui fait bien un peu de peine aussi de les voir se débattre dans les filets, mais papa dit que c'est la richesse de la maison et que le bon Dieu ne défend pas qu'on les prenne, pourvu qu'on ne les fasse pas souffrir exprès. « Moi, dit-elle, je voudrais bien qu'on les prenne, qu'on les vende et les mange sans leur faire de la peine ! »

Enfin, on saute dans l'embarcation, allez là ! et d'aider père à hisser la voile... *Ah ! qu'il est heureux Pierre-Marie !* il est en possession de ce qu'il aime tant ! la mer et Anne-Marie ! Quelle belle journée. Le soir, au débarquement, sa femme et ses enfants viennent l'aider. Les filets regorgent de poissons, tout le monde a sa charge. Celle du père, c'est sa fillette qu'il tient par la main, tandis que de l'autre il traîne

Ah ! qu'il est heureux, Pierre-Marie...

dès agrès, pour les réparer à la veillée en fumant :

Le bonheur est aux simples.

FOLLETTE

C'était un Barème...

Il y avait autrefois une jolie petite fille qui avait de beaux yeux noirs, des sourcils bruns, minces et bien dessinés et des cheveux blonds tout blouclés. Elle avait quatre ans ; elle était vive comme une chèvre, légère comme un oiseau, mais aussi étourdie qu'une linotte. On l'appelait Follette, car elle ne savait jamais ce qu'elle faisait ; elle était bonne et aimait à rendre service, mais elle le faisait avec une telle étourderie, que le plus souvent elle nuisait à ceux qu'elle voulait obliger.

Les parents de Follette habitaient une jolie propriété à Auteuil, et l'on y recevait beaucoup de monde. La petite fille écoutait tout ce qui se disait et le répétait souvent très inconsidérément, fâchant ceux à qui elle s'adressait, et souvent elle fut la cause, bien innocente, de querelles et

Elle était vive comme une chèvre...

de brouilles ; car elle ne croyait jamais faire mal, et causait de la peine sans le savoir. Comme elle était petite, on lui pardonnait toujours, parce qu'on espérait qu'elle se corrigerait.

C'était bien un peu la faute des personnes qui élevaient Follette, si elle disait des choses désagréables, car elle ne faisait que répéter ce qu'elle avait entendu dire, et si l'on n'eût prononcé que des paroles aimables, elle n'eût su répéter que celles-là ; mais c'est un grand tort dont on ne connaît pas toute la portée : on ne devrait jamais médire, et encore moins devant les enfants.

Un jour surtout, à un dîner, Follette dit plusieurs sottises qui firent voir à sa mère combien on avait été inconsidéré en parlant légèrement devant elle.

La petite fille était placée près d'une demoiselle très jolie, mais qui faisait mille efforts de coquetterie pour cacher la déviation de sa taille ; tout à coup, se tournant vers elle, elle lui demanda tout haut :

Est-il vrai que tu as de l'esprit plein ta bosse ?

« Est-il vrai, Mademoiselle Virginie, que tu as de l'esprit plein ta bosse ? »

La demoiselle rougit et chacun fut fâché contre l'étourdie, qui ne savait seulement pas avoir fait une sot-

Au lieu de pain,
elle lui apporta du gâteau...

tise et qui, presque aussitôt, apostrophant un monsieur placé vis-à-vis d'elle, lui cria :

« Dis donc, monsieur Mathieu, qui est-ce qui a inventé la pommade ?

— Je ne sais, ma fille, dit le monsieur en riant bêtement ; pourquoi me demandes-tu cela ?

— C'est que papa dit tou-jours que ce n'est pas toi. »

Cette fois, ce fut le papa qui rougit et fut fâché ; il ne savait comment s'excuser.

Tout le monde rit, car c'était la seule manière de faire croire à une innocente espièglerie de l'enfant ; mais cela enhardit Follette et elle dit tant de sottises, que sa mère fut heureuse de voir le dîner terminé.

Un jour, Follette vit à la grille du jardin un pauvre

TU T'ES FAIT MAL, MON PAUVRE BENÊT?

homme qui demandait la charité ; il n'avait pas, dit-il, mangé depuis deux jours.

La petite avait un cœur excellent ; elle dit au pauvre homme d'attendre, et elle courut à la cuisine chercher du pain. Elle n'en trouva pas, et, au lieu d'appeler la cuisinière et de lui en demander, elle prit sur la table une part de gâteau aux amandes et le porta au malheureux, s'imaginant que cela lui semblerait bien meilleur.

Croyez-vous qu'il fit un bon déjeuner ?

Une autre fois, son frère Léon, ayant commis une faute, fut enfermé dans un cabinet pour toute la journée. Follette en était très peinée et elle monta en cachette, pour parler à son frère, à travers la porte :

« Léon, dit-elle, tu t'ennuies, puis-je faire quelque chose pour toi ?

— Oh ! oui, je m'ennuie fort ! Si seulement j'avais un livre ! »

Follette n'en écouta pas plus long ; elle courut au cabinet de son père et, prenant un livre sans l'ouvrir, elle remonta précipitamment et fit glisser le volume sous la porte ; puis, contente d'avoir rendu service, elle s'enfuit. Or, Léon ouvrit le livre ; il ne contenait que des chiffres ; c'était un Barème !

Croyez-vous qu'il s'amusa beaucoup ?

Un dimanche, on organisa une petite fête à l'occasion de l'anniversaire de la naissance de Follette. On invita beaucoup de monde et l'on fit de grands préparatifs; on mit à Follette une jolie robe blanche brodée, une ceinture rose à longs bouts, de petits souliers roses; avec ses longs cheveux blonds bouclés tombant sur ses épaules nues, elle était si jolie ainsi que c'était bien vraiment la reine de la fête. Vive et enjouée, elle courait de l'un à l'autre et faisait fort gentiment les honneurs de la maison. Il lui arriva bien quelques mésaventures causées par son éternelle étourderie.

L'oncle Firmin arriva; il était grand, un peu gros et entre deux âges. Il voulait paraître jeune et était toujours très soigné dans sa mise. Follette, qui l'aimait beaucoup, sauta dans ses bras et, pendant qu'il la tenait ainsi, elle dit:

« Pauvre oncle, comme tu as chaud! donne vite ton chapeau. » Et elle l'enleva en même temps si étourdîment, qu'elle amena la perruque avec, et fit voir à toute la société ce que l'oncle Firmin tenait tant à cacher: une tête entièrement chauve et si drôle ainsi, que la petite se prit à rire de tout son cœur; mais l'oncle Firmin ne riait pas.

Quelques instants plus tard vint le cousin Bénédict, grand dadais de vingt ans, fort embarrassé de sa personne. Aussitôt Follette lui présenta une chaise, puis, songeant

qu'il était mieux d'offrir un fauteuil, elle
enleva le siège sans prévenir son
cousin qui, croyant s'asseoir sans
danger, tomba lourdement, les
quatre fers en l'air.

On ne put s'empêcher de rire,
tant sa tournure était ridicule.

Une tête entièrement chauve...

Follette vint à lui, contristée et, le caressant, lui dit :

« Tu t'es fait mal, mon pauvre Benêt?

— Pas beaucoup, ma fille; mais pourquoi m'appelles-tu benêt?

— C'est ainsi que tout le monde te nomme, répondit-elle ingénument. »

Je vous prie de croire que le cousin ne fut pas flatté.

Ainsi Follette, sans le vouloir, avait peiné deux personnes qu'elle aimait beaucoup et dont elle était aimée; elle fit encore, ce soir-là, d'autres sottises, et quoi qu'elle fût charmante, elle s'aliéna bien des cœurs, qui furent froissés par ses actes inconsidérés.

J'espère que Follette se corrigera, car elle apprendra un jour que l'étourderie cause plus de mal que la méchanceté elle-même.

Il tomba lourdement...

LE TRAINEAU

Nous sommes dans les Vosges, ce beau département de la France dont la chaîne de montagnes qui le traverse offre de si agrestes et pittoresques tableaux toujours mouvementés.

Non loin de Remiremont (Lorraine) sur la Moselle, se trouve la petite ville de Gérardmer, dont les habitants font principalement le commerce de fromage. Nous nous transportons à une lieue de là et nous voyons, sur la montagne, une maison rustique habitée par le brave Russel, sa femme et leurs deux enfants, Jean et Marie.

C'est dimanche aujourd'hui, pas de classe. Après la messe, la maman a permis une joyeuse partie jusqu'à la vallée. La neige est ferme, elle scintille au gai soleil du matin. Il faut profiter des rayons que ne prodigue pas l'avare, en cette saison d'hiver !

Moi je me mettrai en avant...

— Alors, Marie, vite le traîneau ! dit notre Jean, gaillard, en tirant à lui le petit véhicule. Moi, je me mettrai en avant, je suis le plus fort, je pourrai, de cette façon, arrêter la marche avec mes pieds en cas d'accident. Toi, tu t'agenouilleras en arrière, et *Loulou*, notre chien, nous escortera.

Aussitôt dit, aussitôt fait! Quel joli et bruyant départ! Marie, dans l'ivresse de la course vertigineuse, saisit le chapeau de son frère et salue l'espace, l'air, la lumière en criant un long : houou! tandis que le chien aboie à perdre haleine. Jean, lui, dirige l'équipage, prêt, en cas d'alerte, à servir de frein. La brise est piquante, les joues de nos beaux lutins prennent des teintes de rubis de la plus belle eau, leurs yeux brillent de plaisir; ils ne doutent pas, ces heureux enfants de la montagne, que leur bonheur n'a pas d'équivalent... Comme ils ont raison... Ignorance de la vie et de ses soucis, ayant bien travaillé, le cœur libre, tout vibrant d'affection fraternelle, des parents qui les aiment et qui ne vivent que pour eux! En effet, *leur fortune n'a pas sa pareille :*

L'innocence!

Tours, imp. DESLIS FRÈRES.

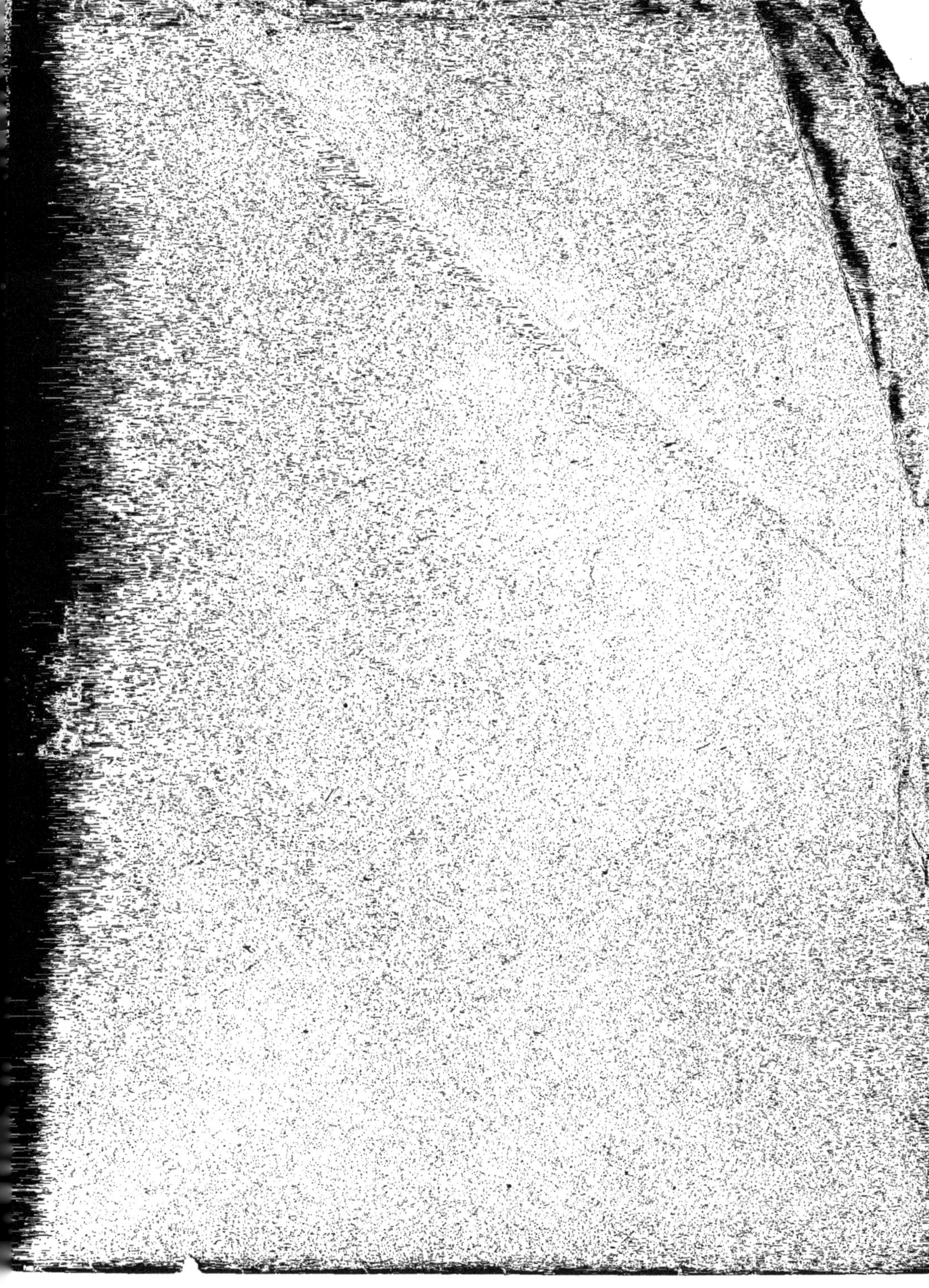